U0002587

Le Petit Prince

今天一早，我和媽媽來到了我們的新家。有隻鴿子在屋頂上咕咕叫。牠一定是從隔壁那棟奇怪的房子飛過來的。媽媽把鴿子趕跑了，因為牠有可能會弄髒東西。我有個非常有紀律的媽媽，她的工作很忙。因此我必須一個人待在家裡，於是她便預先幫我把每天都做好計畫，好讓一切都能順利度過。

這是我獨自一人度過的第一天，卻發生了一件不可思議的事。媽媽才剛出門上班，就有一片螺旋槳穿破了客廳的牆壁！那是鄰居的那架飛機上的螺旋槳，鄰居是位老飛行員。他的樣子很好笑！他給了我一大罐硬幣，好賠償我們的損失。我在罐子裡發現了一些漂亮的小塑像：一個穿著綠色衣服、圍著黃色圍巾的金髮小小人兒、一顆星球，還有一朵花……

dans le désert du Sahara
sur le sable à mille
milles de toute
terre habitée.
Alors vous
imaginez ma
surprise, au lever
du jour, quand une
drôle de petite voix m'a
réveillé. Elle disait :

今天，有一架紙飛機降落在我的書桌上！在那張紙上，有那個金髮小小人兒的畫像，和一篇故事的開頭，「很久很久以前，有一位小王子，他住在一個比他自己大不了多少的星球上，他需要一個朋友。」我望向窗外，看見那位頭戴著飛行帽的鄰居正和善地對我微笑。我趕緊拉上窗簾，繼續往下讀：那是一位飛行員的故事。他在沙漠中碰到飛機故障，讓他在那裡遇到了這位小王子……

這個關於孤獨一人在沙漠中的小王子故事，令我感到非常地好奇，好奇到讓我穿越了兩棟房子之間的圍籬。我發現了一個不同凡響的院子！置身在花朵、蝴蝶和小鳥當中，那位飛行員正彎身在那架老飛機上修修補補，就在此時，突然有張色彩繽紛的降落傘發射出去。降落傘的帆布在我們頭頂上輕輕落下，好像一朵雲似的。這情況簡直就像有人在幫我們搔癢……我們被逗得哈哈大笑，任由自己倒在草地上。他告訴我，那位小王子在他的星球上擁有一朵花，一朵玫瑰花。他很愛那朵玫瑰花。

飛行員的家簡直就是一座藏寶庫。和我家完全不同！我甚至還在一堆厚重的書本間找到了一隻狐狸絨毛玩偶。狐狸和我，馬上就結為好友。

當太陽開始落下時，飛行員讓我爬上屋頂，好跟我講後面的故事。小王子的星球曾經遇到危險！猴麵包樹，是一種樹根巨大無比的樹，有可能會危害星球，讓星球爆炸。那顆星球是那麼的小……也正是因為這樣，小王子才會夢想要擁有一隻綿羊，因綿羊有辦法吃掉那些糟糕的樹苗。

我每天都到飛行員家去。他的故事令我很感興趣。他和我講起小王子在宇宙中的旅行，還有他所遇到的那些非常奇怪的大人。我們每天都在遊戲、歡笑與玩樂中度過。全是些媽媽從來沒時間和我一起做的事，因為她工作太忙了……有次，我們在臉上和手上塗了螢光漆！我甚至還帶了幾顆會發亮的星星回家，黏在我的房間裡。星星在夜裡發光，閃亮亮的，就像是小王子的星星。

這天下午，我又經歷了一段嶄新的冒險：我們在玩風箏時，風箏被樹枝卡住了。我爬到了高高的樹上，害怕得發抖，不過我成功地扯到了風箏線，接著摔了下來！我的手和膝蓋流了一點血。飛行員幫我治療傷口。然後，為了安慰我，他和我講了小王子與狐狸的相遇：他們馴服了彼此。意思就是說他們建立了關係，並且成為彼此獨一無二的朋友。

媽媽不會高興的，如果她知道我每天都在玩耍、爬樹，而不是複習功課。但是我仔細考慮過：我一點也不確定自己想要變成大人。我和飛行員談起這件事，他向我解釋說，問題並不是出在長大，而是出在忘記自己曾經是個小孩。然後他提議一起去吃可麗餅。於是我們便坐上他的老爺車出發。因為他沒有駕駛執照，我們被一名警察攔了下來，還被送回家。

媽媽大發脾氣。我做了冒險的事,我沒有聽她的話,再加上我沒有寫我的暑假作業。現在,我被處罰:每天都要複習功課,而且不准去見飛行員。今天是我的生日。發現桌上有一份禮物,還有一個小蛋糕。只是沒有人可以和我玩,也沒有人陪我吹蠟燭。

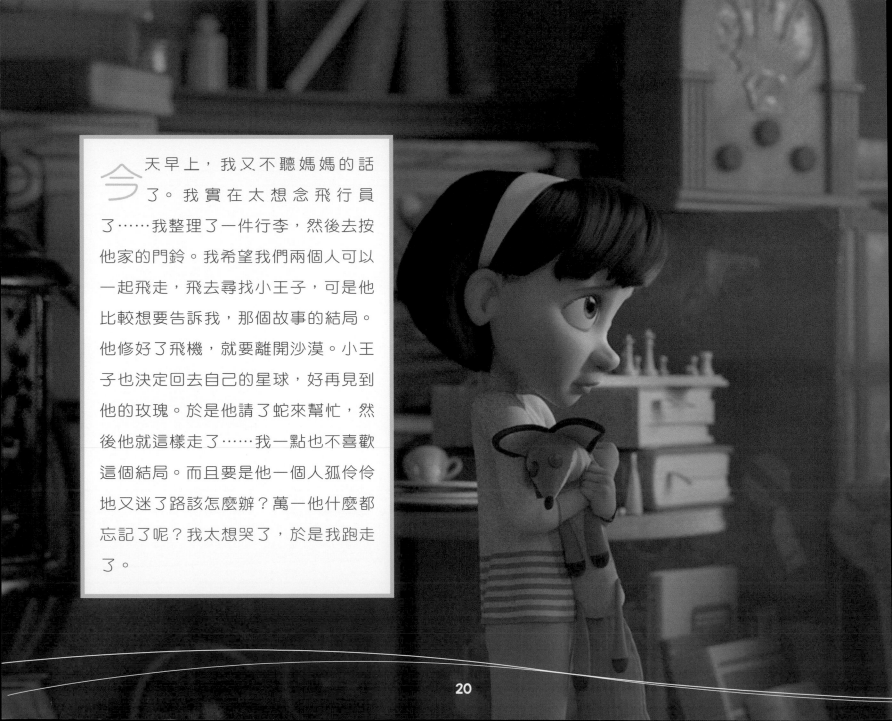

今天早上，我又不聽媽媽的話了。我實在太想念飛行員了……我整理了一件行李，然後去按他家的門鈴。我希望我們兩個人可以一起飛走，飛去尋找小王子，可是他比較想要告訴我，那個故事的結局。他修好了飛機，就要離開沙漠。小王子也決定回去自己的星球，好再見到他的玫瑰。於是他請了蛇來幫忙，然後他就這樣走了……我一點也不喜歡這個結局。而且要是他一個人孤伶伶地又迷了路該怎麼辦？萬一他什麼都忘記了呢？我太想哭了，於是我跑走了。

後來的事很奇怪，速度變得飛快……第二天，有輛救護車接走了飛行員。他的身體不舒服。我馬上知道我該做什麼：我要找到小王子，才能拯救我的朋友。等到入夜後，我沿著排水管滑過去。夜裡風很大，可是我並不害怕。我剛好滑落在飛機旁。戴上飛行帽、拉下護目鏡，一次按下所有按鈕，我把狐狸緊緊抱在懷裡……接著我們便飛上了一片沒有星星的天空。

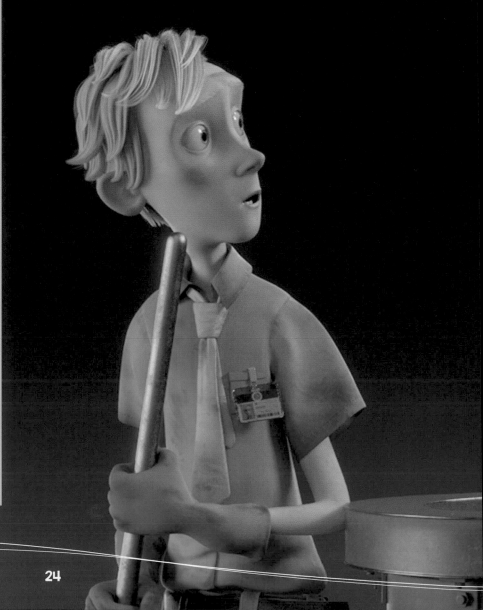

天空比漆黑還要漆黑。突然間，我看見了一個蓋滿高樓大廈的星球，在遠方閃閃發亮。然後，我在高高的空中瞥見了一頭金髮和一個穿著綠色、黃色衣服的身影。小王子就在那裡！快啊，我趕緊降落，然後追上了他。不過他和以前不一樣了。他變成了大人，而且什麼都忘記了！還好，在看過飛行員的一張舊圖畫之後，他恢復了記憶，也找回了勇氣。我們兩個人一起坐上飛機離開。

我們在群星之間飛行。星星看起來很開心。突然間，王子先生認出了他那個長滿了猴麵包樹的星球。我們花了很大的工夫才讓飛機降落。還好，降落傘及時的張開！就在這一刻，我們發現了一件不可思議的事：他的玫瑰一直都在！玫塊在朝陽最早的幾道光線中閃閃發亮！一群遷徙的候鳥飛過，於是我利用這個機會飛回家去，同時我也對他許下承諾，說我不會忘記他。

我回到家和媽媽團聚。我想到醫院探望飛行員。我有好多事情要告訴他，還要送給他一個驚喜。我把他的所有圖畫按順序排好，還在封面上畫下了小王子。這樣就是一本非常美麗的書了。飛行員非常喜歡我的禮物。他把我緊緊抱在懷裡，然後告訴我，我以後會成為一個很棒的大人。媽媽的眼睛亮亮的，臉上掛著非常溫柔的微笑。

從飛行員走了後，我和媽媽經常爬到屋頂上。我們在屋頂上的群星裡笑得很開懷。她很喜歡用望遠鏡看星星。然後，每當她問我看見了什麼，我總是回答說：「我看見了我的所有朋友。」

高寶書版集團
gobooks.com.tw

RR 013
小王子電影書 追尋版
Le Petit Prince

原　　著　安東尼・聖修伯里（Antoine de Saint-Exupéry）
譯　　者　賈翊君
編　　輯　林俶萍
校　　對　李思佳・林俶萍
排　　版　趙小芳
封面設計　林政嘉

發 行 人　朱凱蕾
出　　版　英屬維京群島商高寶國際有限公司台灣分公司
　　　　　Global Group Holdings, Ltd.
地　　址　台北市內湖區洲子街88號3樓
網　　址　gobooks.com.tw
電　　話　(02) 27992788
電　　郵　readers@gobooks.com.tw（讀者服務部）
　　　　　pr@gobooks.com.tw（公關諮詢部）
傳　　真　出版部 (02) 27990909　行銷部 (02) 27993088
郵政劃撥　19394552
戶　　名　英屬維京群島商高寶國際有限公司台灣分公司
發　　行　希代多媒體書版股份有限公司/Printed in Taiwan
初版日期　2015年10月

The Little Prince
Credits
ON ANIMATION STUDIOS PRESENTS "THE LITTLE PRINCE"
BASED ON "LE PETIT PRINCE" BY ANTOINE DE SAINT-EXUPERY
MUSIC BY HANS ZIMMER & RICHARD HARVEY FEATURING CAMILLE
LINE PRODUCERS JEAN-BERNARD MARINOT CAMILLE CELLUCCI
EXECUTIVE PRODUCERS JINKO GOTOH MARK OSBORNE
COPRODUCER ANDREA OCCHIPINTI
PRODUCED BY ATON SOUMACHE DIMITRI RASSAM ALEXIS VONARB
A ORANGE STUDIO LPPTV M6 FILMS LUCKY RED COPRODUCTION
INTERNATIONAL SALES ORANGE STUDIO WILD BUNCH
HEAD OF STORY BOB PERSICHETTI
ORIGINAL SCREENPLAY BY IRENA BRIGNULL & BOB PERSICHETTI
DIRECTED BY MARK OSBORNE
Based on the movie « The Little Prince » directed by Mark Osborne
©2015 – LPPTV – Little Princess – On Ent. – Orange Studio – M6 films – Lucky Red

Complex Chinese translation copyright © 2015 by Global Group Holdings, Ltd.
All rights reserved

國家圖書館出版品預行編目(CIP)資料

小王子電影書 追尋版 / 聖修伯里（Antoine de
Saint-Exupéry）著；賈翊君 譯. -- 初版. --
臺北市：高寶國際出版：希代多媒體發行, 2015.10
　　面；　公分. -- (Retime; RR 013)
譯自：Le Petit Prince
ISBN 978-986-361-221-6(平裝)

876.57　　　　　　　　104020489

凡本著作任何圖片、文字及其他內容，
未經本公司同意授權者，
均不得擅自重製、仿製或以其他方法加以侵害，
如一經查獲，必定追究到底，絕不寬貸。
版權所有　翻印必究